# HISTOIRE

## DU

# VIEUX TEMPS

COMÉDIE EN UN ACTE ET EN VERS

PAR

## GUY DE MAUPASSANT

PRIX : 1 FR.

PARIS

EN VENTE CHEZ TRESSE, ÉDITEUR

PALAIS-ROYAL

8, 9, 10 ET 11, GALERIE DU THÉATRE-FRANÇAIS

1879

# GUY DE MAUPASSANT

# HISTOIRE

DU

# VIEUX TEMPS

## COMÉDIE EN UN ACTE ET EN VERS

*Représentée pour la première fois sur la scène du 3ᵉ Théâtre-Français
le 19 février 1879*

## PERSONNAGES

| | |
|---|---|
| Le Comte............... | M.  LELOIR. |
| La Marquise............. | Mᵐᵉ DAUDOIRD. |
| Un valet................ | M.  DUMÉNILE. |

Pour la mise en scène, s'adresser au Régisseur général
du 3ᵉ Théâtre-Français

## PARIS

### EN VENTE CHEZ TRESSE, ÉDITEUR

PALAIS-ROYAL

8, 9, 10 ET 11, GALERIE DU THÉATRE-FRANÇAIS

1879

# A MADAME CAROLINE COMMANVILLE

*Madame,*

*Je vous ai offert, alors que vous seule la connaissiez, cette toute petite pièce qu'on devrait appeler plus simplement « dialogue. » Maintenant qu'elle a été jouée devant le public et applaudie par quelques amis, permettez-moi de vous la dédier.*

*C'est ma première œuvre dramatique. Elle vous appartient de toute façon, car après avoir été la compagne de mon enfance, vous êtes devenue une amie charmante et sérieuse; et, comme pour nous rapprocher encore, une affection commune, celle de votre oncle que j'aime tant, nous a, pour ainsi dire, faits de la même famille.*

*Veuillez donc agréer, Madame, l'hommage de ces quelques vers comme témoignage des sentiments très-dévoués, respectueux et fraternels de votre ami bien sincère et ancien camarade.*

GUY DE MAUPASSANT.

*Paris, le 23 février 1879.*

---

*Je ne publierai point cette frêle Comédie sans adresser mes bien vifs remerciements à l'homme éclairé et bienveillant qui l'a accueillie et aux artistes de talent qui l'ont fait applaudir.*

*Sans M. Ballande, qui ouvre si généreusement son théâtre aux inconnus repoussés ailleurs, elle n'aurait peut-être jamais été jouée. Sans Mme Daudoird, si fine comédienne, si attendrie et si charmante dans le rôle de la vieille marquise, et sans M. Leloir, qui porte avec tant de dignité les cheveux blancs du comte, personne ne l'eût, sans doute, remarquée.*

*Le succès, grâce à eux, a dépassé mes espérances; aussi je veux écrire leurs noms à la première page pour les assurer de ma profonde reconnaissance.*

GUY DE MAUPASSANT.

*Paris, le 23 février 1879.*

# HISTOIRE

DU

# VIEUX TEMPS

COMÉDIE EN UN ACTE & EN VERS

Chambre Louis XV. — Grand feu dans la cheminée. — On est en
hiver. La vieille marquise est dans son fauteuil, un livre sur les
genoux; elle paraît s'ennuyer.


UN VALET (*annonçant*)

« Monsieur le comte. »


LA MARQUISE

        Enfin, cher comte, vous voici;
Vous pensez donc toujours aux vieux amis, — merci.
Je vous attendais presque avec inquiétude :
De vous voir chaque jour on a pris l'habitude;
Puis, je ne sais pourquoi, je suis triste ce soir.
Venez, auprès du feu nous allons nous asseoir,
Et causer.


    LE COMTE (*s'asseyant, après lui avoir baisé la main*)
      Moi, je suis tout triste aussi, marquise,
Et, lorsqu'on se fait vieux, cela démoralise.
Les jeunes ont au cœur cargaison de gaîté;
Un nuage en leur ciel est bien vite emporté,

Et toujours tant de buts, tant d'amours à poursuivre ! —
Nous autres, il nous faut de la gaîté pour vivre ;
La tristesse nous tue, elle s'attache à nous
Comme la mousse à l'arbre épuisé. Voyez-vous,
Contre ce mal terrible il faut bien se défendre.
Et puis, tantôt, d'Armont est venu me surprendre ;
Nous avons remué la cendre des vieux jours,
Parlé des vieux amis et des vieilles amours ;
Et depuis ce moment, comme une ombre incertaine,
Je revois s'agiter ma jeunesse lointaine.
Aussi je suis venu, tout triste et tout blessé,
M'asseoir auprès de vous, et parler du passé.

LA MARQUISE

Moi, depuis le matin, l'horrible froid m'assiége ;
J'entends souffler le vent, je vois tomber la neige.
A notre âge, l'hiver afflige et fait souffrir :
Quand il gèle bien fort on croit qu'on va mourir.
Oui, causons, car un bon souvenir de jeunesse
Ravive par instants notre froide vieillesse.
C'est un peu de soleil.

LE COMTE

                Mais dans un jour d'hiver ;
Mon soleil est bien pâle et mon ciel bien couvert.

LA MARQUISE

Allons, racontez-moi quelque folle équipée ;
Vous étiez, dit l'histoire, un grand traîneur d'épée,
Jadis, monsieur le comte, insolent, beau garçon,
Riche, bon gentilhomme et de fière façon ;
Vous avez fait scandale, et croisé votre lame
Avec plus d'un mari ; car une belle dame,

Par exemple. J'aimai, j'aimai, la toute belle
Comtesse de Paulé. Je la croyais fidèle.
Je la surpris, un soir, aux bras d'un autre amant ;
J'en eus le cœur brisé, marquise, et sottement
Je la pleurai deux mois ! Mais la Cour et la Ville
Ont bien ri. Cette engeance est envieuse et vile,
Siffle les malheureux, applaudit au succès ;
J'étais trompé, j'avais donc perdu mon procès.
Pourtant, bientôt après, j'eus une autre maîtresse ;
Mais nous logions encore à deux dans sa tendresse.
L'autre était un poëte : il lui tournait des vers,
L'appelait fleur, étoile, astre de l'univers,
Et je ne sais quels noms. — Je provoquai le drôle ;
C'était un bel esprit, il resta dans son rôle ;
Trop lâche pour se battre, il fit un plat sonnet ;
Et l'on en rit encor, me traitant de benêt.
La leçon, cette fois, mit un terme à mes doutes,
Je cessai d'en voir une, et je les aimai toutes.
Or je pris pour devise un dicton très-ancien :
« Bien fol est qui s'y fie, » — et je m'en trouvai bien.

LA MARQUISE

Mais, autrefois, quand vous déclariez votre flamme,
Et soupiriez aux pieds de quelque belle dame,
L'enveloppant d'amour, de respects et de soins,
Parliez-vous ainsi ?

LE COMTE

         Non ; mais avouez du moins,
Entre nous, que la femme est une enfant gâtée.
On l'a trop adulée, et surtout trop chantée.
Ses flatteurs attitrés, les faiseurs de sonnets,
Lui versant tout le jour, comme des robinets,

Compliments distillés au suc de poésie,
En ont fait un enfant gonflé de fantaisie.
Aime-t-elle du moins? — Point du tout; il lui faut
Non l'amour de vingt ans, et dont le seul défaut
Est d'aimer saintement, comme on aime à cet âge,
Mais un roué; celui qu'on regarde au passage
Avec étonnement et presque avec respect.
Toute femme s'émeut et tremble à son aspect,
Parce qu'il est, — mérite assurément fort rare, —
Le premier séducteur de France et de Navarre!
Non qu'il soit jeune, non qu'il soit beau, non qu'il ait
De grandes qualités, rien, mais cet homme plaît
Parce qu'il a vécu. Voilà la chose étrange;
Et c'est ainsi pourtant que l'on séduit cet ange!
Mais quand un autre vient demander, par hasard,
De quel tribut payer l'aumône d'un regard,
Elle lui rit au nez et demande la lune!
Et, vous le savez bien, je ne parle pas d'une,
Mais de beaucoup.

LA MARQUISE

      C'est très-galant, encor merci!
A mon tour, à présent, écoutez bien ceci :
Un vieux renard perclus, mais de chair fraîche avide,
Rôdait, certaine nuit, triste et le ventre vide;
Il allait, ruminant ses festins d'autrefois,
La poulette surprise un soir au coin d'un bois,
Et le souple lapin qu'on prenait à la course.
L'âge, de ces douceurs avait tari la source;
On était moins ingambe et l'on jeûnait souvent.
Quand un parfum de chasse apporté par le vent
Le frappe; un éclair brille en sa vieille prunelle.
Il aperçoit, dormant et la tête sous l'aile,

'Quelques jeunes poulets perchés sur un vieux mur.
Mais Renard est bien lourd et le chemin peu sûr,
Et malgré son envie, et sa faim, et son jeûne :
« Ils sont trop verts, dit-il, et bons... pour un plus jeune. »

LE COMTE

Marquise, c'est méchant, ce que vous dites-là ;
Mais je vous répondrai : Samson et Dalila,
Antoine et Cléopâtre, Hercule aux pieds d'Omphale.

LA MARQUISE

Vous avez en amour une triste morale !

LE COMTE

Non ; l'homme est comme un fruit que Dieu sépare en deux.
Il marche par le monde ; et, pour qu'il soit heureux,
Il faut qu'il ait trouvé, dans sa course incertaine,
L'autre moitié de lui ; mais le hasard le mène ;
Le hasard est aveugle et seul conduit ses pas ;
Aussi, presque toujours, il ne la trouve pas.
Pourtant, quand d'aventure il la rencontre... il aime ;
Et vous étiez, je crois, la moitié de moi-même
Que Dieu me destinait et que je cherchai, mais
Je ne vous trouvai pas, et je n'aimai jamais !
Puis voilà qu'aujourd'hui, nos routes terminées,
Le sort unit, trop tard, nos vieilles destinées.

LA MARQUISE

Enfin, cela vaut mieux, mais vous avez péché,
Et je ne vous tiens pas quitte à si bon marché.
Savez-vous, mon cher comte, à quoi je vous compare ?
Votre cœur est fermé comme un logis d'avare :
Vous êtes l'hôte ; quand on vient pour visiter
Vous vous imaginez qu'on va tout emporter,

Et ne montrez aux gens qu'un tas de vieilleries.
Voyons, plus de détours et trève aux railleries !
Tout avare, en un coin, cache un coffret plein d'or,
Et le cœur le plus pauvre a son petit trésor.
Qu'avez-vous tout au fond ? — Portrait de jeune fille
De seize ans, qu'on aima jadis ; légère idylle
Dont on rougit peut-être et qu'on cache avec soin,
N'est-ce pas ? Mais, parfois, plus tard, on a besoin
De venir contempler ces images, laissées
Là-bas, derrière soi ; ces histoires passées
Dont on souffre et pourtant dont on aime souffrir.
On s'enferme tout seul, une nuit, pour ouvrir
Certain vieux livre et son vieux cœur ; comme on regarde
La pauvre fleur donnée un beau soir, et qui garde
La lointaine senteur des printemps d'autrefois.
On écoute, on écoute, et l'on entend sa voix
Par les vieux souvenirs faiblement apportée.
Et l'on baise la fleur, dont l'empreinte est restée
Comme au feuillet du livre à la page du cœur.
Hélas ! Quand la vieillesse apporte la douleur,
Vous embaumez encor nos dernières journées,
Parfums des vieilles fleurs et des jeunes années !

LE COMTE

C'est vrai ! Même à l'instant j'ai senti revenir,
Tout au fond de mon cœur, un très-vieux souvenir :
Et je suis prêt à vous le raconter, marquise.
Mais j'exige de vous une égale franchise,
Caprice pour caprice, et récit pour récit ;
Et vous commencerez.

LA MARQUISE

      Je le veux bien ainsi.

Pourtant mon histoire est un simple enfantillage,
Mais, je ne sais pourquoi, les choses du jeune âge
Prennent, comme le vin, leur force en vieillissant ;
Et d'année en année elles vont grandissant.
Vous connaissez beaucoup de ces historiettes :
C'est le premier roman de toutes les fillettes,
Et chaque femme, au moins, en compte deux ou trois;
Je n'en eus qu'une seule ; et c'est pourquoi, je crois;
Je l'ai gardée au cœur plus vive et plus tenace ;
Et dans ma vie elle a rempli beaucoup de place.
J'étais bien jeune alors, car j'avais dix-huit ans;
J'avais appris à lire avec les vieux romans;
J'avais souvent rêvé dans les vieilles allées
Du vieux parc ; regardant, le soir, sous les saulées,
Les reflets de la lune, écoutant si le vent
Ne parlait pas d'amour à la branche, et rêvant
A celui que tout bas la jeune fille appelle,
Qu'elle attend, qu'elle croit que Dieu créa pour elle !
Puis voilà que celui que j'avais tant rêvé,
Jeune, fier et charmant, un jour, est arrivé ;
Et je sentis bondir mon cœur de jeune fille.
Je me pris à l'aimer ; il me trouva gentille:.....
Mon beau jeune homme, hélas ! partit le lendemain ;
Rien de plus : un baiser, un serrement de main,
Un regard échangé qu'il oublia bien vite.
Il s'était dit : « elle est mignonne, la petite. »
Et cela lui sortit du cœur; mais Dieu défend
De se jouer ainsi de l'amour d'une enfant !
Ah ! vous trouvez la femme insensible : elle saute
De caprice en caprice; allez, c'est votre faute.
Elle pourrait aimer, mais vous l'en empêchez ;
Le premier amour qui lui vient, vous l'arrachez !

Pauvre fille ! j'étais bien folle et bien crédule ;
Mais vous allez trouver cela fort ridicule,
Vous qui raillez l'amour... Longtemps je l'attendis !.....
Comme il ne revint pas, j'épousai le marquis.
Mais je confesse que j'aurais préféré l'autre !
J'ai mis mon cœur à nu, découvrez-moi le vôtre
Maintenant.

LE COMTE (souriant) :

Ainsi, c'est une confession ?

LA MARQUISE

Et vous n'obtiendrez pas mon absolution
Si vous raillez encor, méchant homme insensible.

LE COMTE

C'était dans la Bretagne, à l'époque terrible
Qu'on nomme la Terreur. — Partout on se battait.
Moi j'étais Vendéen ; je servais sous Stofflet. —
Or, cela dit, ici commence mon histoire.
On venait, ce jour-là, de repasser la Loire.
Nous étions demeurés, postés en partisans,
Quelques braves amis, quelques vieux paysans,
Et moi leur chef ; en tout, peut-être, une centaine ;
Cachés dans les buissons qui contournaient la plaine,
Protégeant la retraite et cédant peu à peu.
Nos hommes, à la fin, avaient cessé le feu ;
Et l'on se dispersait, selon notre coutume,
Quand un soldat soudain, un bleu, qui, je présume,
S'était, grâce aux buissons, avancé jusqu'à nous,
Sauta dans le chemin et me tira deux coups
De pistolet. J'ouvris la tête de ce drôle :
Mais j'avais, pour ma part, deux balles dans l'épaule.

Tout mon monde était loin. En prudent général,
J'enfonçai l'éperon aux flancs de mon cheval.
Alors, à travers champs, et la tête éperdue,
Comme un fou qui s'enfuit, j'allai, bride abattue ;
Tant qu'enfin, harassé, brisé, n'en pouvant plus,
Je tombai, tout en sang, au revers d'un talus.
Mais bientôt, près de moi, je vis une lumière
Et j'entendis des voix ; — c'était une chaumière
Où je heurtai, criant : « Ouvrez, au nom du roi ! »
Et puis, à bout de force et tout roidi de froid,
Je m'affaissai soudain en travers de la porte.
Suis-je resté longtemps étendu de la sorte ?
Je ne sais ; mais, alors que je repris mes sens,
J'étais dans un bon lit bien chaud ; de braves gens,
Attendant mon réveil avec inquiétude,
S'empressaient, m'entouraient, pleins de sollicitude ;
Et je vis au milieu de ces lourdauds bretons,
Comme un oiseau des bois couvé par des dindons,
Une enfant de seize ans ! ah ! marquise, marquise !
Quelle tête ingénue et quelle grâce exquise !
Comme elle était jolie avec ses cheveux blonds
Sous son petit bonnet, si soyeux et si longs,
Qu'une reine pour eux eût donné sa richesse !
Puis elle avait des pieds et des mains de duchesse !
Si bien que je doutai très-fort de la vertu
De sa grosse maman ; j'aurais pour un fétu
Vendu mes droits d'auteur, à la place du père.
Dieu ! Qu'elle était jolie avec sa mine austère
Et pudique. — Et durant quatre nuits et trois jours
Elle ne quitta pas mon chevet ; et toujours
Je la voyais auprès de moi, tantôt assise,
Tantôt debout, lisant dans son livre d'église

Et priant, mais pour qui ? — Pour moi, pauvre blessé ? —
Ou pour un autre ? Puis, son petit pied pressé
Allait, venait, trottait lestement par la chambre ;
Et puis, de ces yeux clairs et dorés comme l'ambre,
Elle me regardait ; car elle avait un œil
Jaune comme celui de l'aigle, et plein d'orgueil ;
Et même j'éprouvai, quand je vous vis, marquise,
Pour la première fois, une grande surprise,
En retrouvant cet œil et ce regard pareil
Qu'on eût dit éclairé d'un rayon de soleil.
Elle était, sur ma foi, si fraîche et si jolie,
Que, presque à mon insu, j'avais fait la folie
De me mettre à l'aimer. — Mais voilà qu'un matin
J'entendis le canon gronder dans le lointain.
Mon hôte entra soudain, tout pâle et hors d'haleine :
« Les bleus, les bleus, dit-il, ils vont cerner la plaine,
« Sauvez-vous ! » — Cependant, j'étais bien faible encor,
Mais je me dépêchai, car le temps pressait fort.
Comme un cheval frissonne au bruit de la trompette,
La fièvre du combat me montait à la tête.
Mais elle, tout de noir vêtue, et comme en deuil,
Quelques larmes aux yeux, m'attendait sur le seuil.
Elle tint l'étrier quand je me mis en selle ;
En galant chevalier je me penchai vers elle,
Et déposai gaîment un baiser sur son front.
Elle se redressa, comme sous un affront ;
Un fauve éclair jaillit de sa fière prunelle,
Et rougissant de honte : « Ah ! Monsieur », me dit-elle.
Certe, elle n'était point ce que j'avais pensé ;
Elle avait trop grand air, et j'avais offensé
Gauchement, lourdement, la noble jeune fille,
L'enfant de quelque ancienne et fidèle famille

Que de vieux serviteurs cachaient au milieu d'eux,
Quand le père, avec nous, luttait contre les bleus.
Ah! je fis tout d'abord contenance assez sotte;
Mais j'étais, en ce temps, quelque peu Don Quichotte,
Et tous les vieux romans me tournaient le cerveau.
Aussi, de mon cheval descendant aussitôt,
Je fléchis humblement un genou devant elle,
Et je lui dis : « Pardon, pardon, mademoiselle;
« Ce baiser, croyez-moi, car je ne mens jamais,
« N'est point d'un libertin ou d'un étourdi, mais,
« Si vous le voulez bien, sera de fiançailles.
« Je reviendrai, si le permettent les batailles,
« Chercher gage d'amour que je vous ai laissé. »
« Soit, dit-elle en riant. — Adieu! mon fiancé. »
Elle me releva; puis, de sa main mignonne
M'envoyant un baiser : « Allez, on vous pardonne,
« Dit-elle, et revenez bientôt, bel inconnu! » —
Et je partis.

LA MARQUISE (*tristement*)

Et vous n'êtes pas revenu?

LE COMTE

Mon Dieu! non. Mais pourquoi? Je ne sais trop moi-même,
Je me suis dit : Est-il possible qu'elle m'aime
Cette enfant que je vis un instant? Pour ma part
L'aimais-je? J'hésitais. J'arriverais trop tard,
Peut-être? Pour trouver ma belle jeune fille
Aimant quelque autre, aimée et mère de famille.
Et puis ce vain propos d'un fou, dit en passant,
Sans doute avait glissé sur elle, lui laissant
Un mignon souvenir, une douce pensée.
Et puis, la trouverais-je où je l'avais laissée?

M'étais-je pas trompé? Ne valait-il pas mieux
Garder ce souvenir lointain, frais et joyeux;
La voir telle toujours que je me l'étais peinte;
Et ne point revenir et la revoir, de crainte
De ne trouver, hélas! que désillusion?
Mais il m'en est resté comme une obsession,
Une vague tristesse au cœur, et comme un doute
D'un bonheur coudoyé mais laissé sur ma route.

LA MARQUISE (*avec des sanglots dans la voix*)

Elle l'aurait peut-être aimé, cet inconnu?
Dieu seul le sait! mais vous n'êtes point revenu.

LE COMTE

Marquise, aurais-je donc commis un si grand crime?

LA MARQUISE

Ne me disiez-vous point, tout à l'heure : « J'estime
« Que l'homme est comme un fruit que Dieu sépare en deux.
« Il marche par le monde; et, pour qu'il soit heureux,
« Il faut qu'il ait trouvé, dans sa course incertaine,
« L'autre moitié de lui; mais le hasard le mène;
« Le hasard est aveugle et seul conduit ses pas;
« Aussi, presque toujours, il ne la trouve pas.
« Pourtant, quand d'aventure il la rencontre; il aime.
« Et vous étiez, je crois, la moitié de moi-même
« Que Dieu me destinait et que je cherchais, mais
« Je ne vous trouvai pas et je n'aimai jamais.
« Puis voilà aujourd'hui, nos routes terminées,
« Le sort unit, trop tard, nos vieilles destinées. »
Trop tard, hélas! car vous n'êtes pas revenu.

LE COMTE

Marquise, vous pleurez!...

LA MARQUISE

Ce n'est rien, j'ai connu
La pauvre fille dont vous parliez tout à l'heure ;
Ce récit m'attrista ; voilà pourquoi je pleure.
Ce n'est rien.

LE COMTE

L'enfant qui jadis reçut ma foi,
Marquise, c'était vous !

LA MARQUISE

Eh bien ! oui, c'était moi....

*Le comte se met à genoux et lui baise la main. — Il est*
*très-ému.*

LA MARQUISE *(après un moment de silence)*

Allons, n'y pensons plus ; il est un temps aux roses.
Notre vieux front pâli n'est plus fait pour ces choses.
Rirait bien qui pourrait nous voir en ce moment.
Relevez-vous ; et pour finir ce vieux roman,
Souvenir du passé qui n'est plus de notre âge,
Tenez, comte, je vais vous rendre votre gage ;
Je ne suis plus fillette, et j'ai le droit d'oser.

*(Elle l'embrasse sur le front. Puis, avec un sourire triste)*
Mais il a bien vieilli, votre pauvre baiser !

FIN

Paris. — Imp. Moderne (Wattier, d'), rue J. J.-Rousseau, 61.

IMPRIMERIE MODERNE (WATTIER, DIRECTEUR)
RUE JEAN-JACQUES-ROUSSEAU, 61

www.ingramcontent.com/pod-product-compliance
Lightning Source LLC
LaVergne TN
LVHW011501170726
843501LV00009B/3528